Yf 1376

L'ISLE
DE
LA FOLIE,
COMEDIE.

Reprefentée fur le Theâtre de l'Hôtel de Bourgogne, par les Comediens Italiens ordinaires du Roi, le 24ᵉ Septembre 1727.

Par Meſſieurs DOMINIQUE *&* ROMAGNESI, *Comediens du Roi.*

A PARIS,

Chez Louis-Denis Delatour, Imprimeur de la Cour des Aydes, en la maiſon de ſeuë la veuve Muguet, ruë de la Harpe, aux trois Rois.

M. DCC. XXVII.
AVEC APPROBATION ET PERMISSION

ACTEURS.

LA FOLIE.

LA RAISON.

UN HABITANT de l'Isle.

L'EQUILIBRE de l'Isle.

UNE JEUNE INSULAIRE.

UN MUSICIEN.

GULLIVER.

UN FRANÇOIS.

UN SUIVANT de la Folie.

UN SUIVANT de la Raison.

INSULAIRES dansans & chantans.

La Scene est dans l'Isle de la Folie.

L'ISLE
DE
LA FOLIE.

SCENE PREMIERE.

Le Théatre represente l'Isle de la Folie.

GULLIVER, L'HABITANT.

GULLIVER.

UE je vous ai d'obligation,
Seigneur Habitant, sans
vous c'étoit fait du pau-
vre Gulliver, je mourrois
de faim sur ce rocher aride, & vôtre
Isle est venuë bien à propos à mon
secours.　　　　　　A ij

L'HABITANT.

Ecoutés, franchement vous faisiés-là une triste figure, & il étoit tems de vous tirer du danger évident où vous étiés.

GULLIVER.

Me voilà donc encor une fois dans les espaces imaginaires; mais par où ai-je merité cette faveur?

L'HABITANT.

Le hazard vous l'a procurée, les beaux esprits de ce païs vous ont apperçû par le moïen d'un telescope; il s'est élevé entre eux une dispute très vive, les uns vous ont pris pour un Lilliputrien, les autres pour un habitant de Brobdinbrague.

GULLIVER.

Je ne ressemble pourtant ni aux uns, ni aux autres, je suis Anglois de Nation; les beaux esprits de vôtre Isle sont sujets à de terribles quiproquos : mais cela n'est pas étonnant, on ne peut pas juger des choses de si loin.

L'HABITANT.

Que dites-vous là, vous les insultés ; ils ont l'esprit si pénétrant, qu'ils décident sans appel des choses qu'ils entrevoïent à peine.

GULLIVER.

Vous venés de m'en donner une preuve bien convaincante.

L'HABITANT.

Vous n'auriés pas eu autrefois le bonheur d'en être apperçû.

GULLIVER.

Et pourquoi, s'il vous plaît ?

L'HABITANT.

Il y a environ vingt ans qu'ils s'assembloient au sommet de cette

Isle ; c'étoit leur Parnasse ; alors ils n'envisageoient point ce qui étoit au dessous d'eux : mais depuis que quelques-uns des plus éclairés ont été exclus de leur societé, ils ont changé plusieurs fois le lieu de leur rendez-vous, & sont tellement descendus depuis ce tems-là, qu'ils sont aujourd'hui à la barriere qui termine l'Isle, & c'est là qu'ils vous ont apperçû.

GULLIVER.

Je suis donc bienheureux de m'être trouvé à leur portée, mais Seigneur Habitant, daignés m'instruire des mœurs, & du caractere de vos Insulaires, afin que je puisse me conduire parmi eux selon leur genie.

L'HABITANT.

Cela vous sera fort aisé, & pour peu que vous ayés de disposition à la folie, vous trouverés ici dequoi vous perfectionner.

GULLIVER.

Comment donc, où suis-je ?

L'HABITANT.

Dans l'Isle de la folie.

GULLIVER.

Dans l'Isle de la folie ! il ne me manquoit plus que de faire ce voyage : Parbleu voila dequoi donner un troisiéme tome au Public ; mais ce païs-ci doit être drôle, & je crois qu'on n'a pas le tems de s'y ennuïer.

L'HABITANT.

Il n'y a pas ici un Habitant qui n'ait un sistême extravagant.

GULLIVER.

Cela ne me surprend point, & dans tous les voyages que j'ai faits, les hommes que j'ai vûs ont la même folie.

L'HABITANT.

Tel que vous me voyés, je puis me vanter à bon droit que dans toute l'Isle il n'y a que moi de sage.

GULLIVER.

Je vous en felicite ; encore est-ce quelque chose de trouver un homme sensé parmi tant de fols : il y a bien des grandes Villes qui n'en fourniroient pas tant. En quoi donc consiste la folie de ces gens-ci ?

L'HABITANT.

A se croire raisonnables, & à prouver par des raisons Metaphysiques le ridicule des autres.

GULLIVER.

Oh s'il n'y a que cela, je suis en païs de connoissance.

L'HABITANT.

Ici l'avare daube le prodigue, le poltron se moque du témeraire, l'hipocrite déclame contre le débauché, la fauſſe prude pince la coquette, le petit Maître raille le Philoſophe, le mari jaloux tance l'époux commode, le parvenu ne ſe connoît plus, & le Poëte ne trouve rien de bon que ſes ouvrages.

GULLIVER.

Il n'y a rien d'extraordinaire dans tout cela, & ce que vous appellés ici folie, eſt ſageſſe en terre ferme.

L'HABITANT.

Comment donc, vous ne voïés pas que la connoiſſance que ces infortunés ont des deffauts d'autrui, ne peut les éclairer ſur les leurs ; je ne ſçache point de plus cruelle ſituation : que je les plains !

GULLIVER.

Vous vous moqués, Seigneur Habitant, ils ſeroient bien plus à plaindre s'ils ſe connoiſſoient eux-mêmes.

L'HABITANT.

Pouvez-vous concevoir une pareille idée, vous donnés vous-même dans un travers des plus grands ; revenés de cet abus, & bien loin d'aplaudir à des idées chimeriques, unissez-vous à moi pour fronder vivement les deffauts de nos Insulaires, & pour les guerir de leurs erreurs.

GULLIVER.

Que me proposés-vous, Seigneur Habitant, je ne viens point ici pour régenter les petites Maisons.

L'HABITANT.

C'est pourtant cette correction des mœurs qui fait mon objet principal, & c'est mon systême à moi.

GULLIVER.

Quoi vous prétendés réformer les abus ?

L'HABITANT.

Sans doute.

GULLIVER *à part.*

Voilà par ma foi le plus grand fol de l'Isle.

L'HABITANT.

Oüi, oüi, j'en viendrai à bout ; ce n'est point une chose si difficile que de corriger les Hommes.

GULLIVER.

Vous avez raison, ce n'est qu'une bagatelle.

L'HABITANT.

Il ne faut, pour y parvenir, qu'éteindre dans leur cœur la soif des richesses, en déraciner l'orgueil, en bannir le faux préjugé, la médisance, la trahison, & y substituer la candeur, la docilité, la sagesse & la raison.

il s'en va.

GULLIVER.

Si c'eſt-là le plus raiſonnable de
l'Iſle, il eſt aiſé de juger des autres:
ma foi, je vais bien me donner la
Comedie dans ce Pays-cy ; mais à
qui en veut ce fol là... il me paroît
bien circonſpect dans ſa démarche.

SCENE II.

L'EQUILIBRE, GULLIVER.

L'EQUILIBRE *faiſant pluſieurs geſtes d'équilibre.*

CEntre de gravité, point fixe ;
ligne de direction ; ſans vous
que deviendroit tout l'Univers ?

GULLIVER.

Beau début ; je voudrois bien connoître la folie de celui-ci... Excu-
ſez, Monſieur, ſi j'oſe vous troubler

dans vos reflexions ; satisfaites, s'il vous plaît, ma curiosité : apprenez-moi qui vous êtes.

L'EQUILIBRE.

Ne devriez-vous pas le deviner en me voyant?

GULLIVER.

Comment diable le devinerois-je : rien n'est si trompeur que la mine des gens.

L'EQUILIBRE.

Je suis l'axe de cette region , son aiguille polaire , sa base , son soû-tient ; en un mot , l'équilibre de l'Isle.

GULLIVER.

Vous êtes bien des choses à la fois; vous possedez là de belles charges, & vous devez être bien necessaire à l'Etat.

L'EQUILIBRE.

Je vous en répons, mes foins en confervent l'heureufe harmonie : ignorez-vous qu'aujourd'hui fans l'équilibre tout va de travers, & que c'eft par lui que fe reglent les affaires les plus importantes.

GULLIVER.

Oh ı oh ı voilà un fol qui parle raifon.

L'EQUILIBRE.

C'eft par une étude continuelle, & une longue fuite d'années, que je fuis enfin parvenu à la connoiffance parfaite de cette fcience fi difficile ; vous fçavez qu'avec le temps on vient à bout de toutes chofes : le temps eft l'architecte univerfel de la nature, la pierre d'achopement des fortunes les plus folides en apparence, & la cheville ouvriere des cataftrophes les plus furprenantes.

GULLIVER.

Ce que vous dites là est bien ve‑
ritable.

L'EQUILIBRE.

C'est le temps qui dans sa premie‑
re adolescence fit descendre la Jus‑
tice du ciel en terre, pour la conso‑
lation des pauvres mortels, & c'est
le temps qui l'en a bannie.

GULLIVER.

Oh ! point de morale, de grace;
revenons à votre emploi, sçachons
de quelle maniere vous l'exercez.

L'EQUILIBRE.

Je vais vous en instruire. Qu'une
femme, par exemple, semble pan‑
cher vers un Amant, qui la sollicite
vivement, je la retiens aussi‑tôt par
la bride de la pudeur.

GULLIVER.

Et cette bride là est‑elle assez

forte pour la tenir long-temps en équilibre.

L'EQUILIBRE.

Qu'un Courtifan envieux veüille détruire ouvertement la fortune d'un de fes Rivaux , je lui oppofe d'abord les interêts de la fienne, qui le tiennent fi bien en équilibre, que ce n'eft que par des voyes foûterraines qu'il agit contre lui.

GULLIVER.

Voilà un tour d'équilibre des plus fubtils, celui-là.

L'EQUILIBRE.

Qu'une Coquette foit obfedée par un Vieillard opulent , & par un adolefcent , qui n'ait que fes appas pour tout revenu , je vous la tiens dans une fi jufte balance, qu'elle met également à profit l'argent de l'un , & les careffes de l'autre.

GUL.

GULLIVER.

Admirez la souplesse !

L'EQUILIBRE.

Qu'un Procureur occupe tout à la fois pour le Demandeur, & pour le Défendeur, je le tiens si bien suspendu par les présens qu'il reçoit des deux Parties, qu'à la fin le Procès est appointé, & demeure toûjours en équilibre.

GULLIVER.

Oh ! ce tour là n'est pas nouveau ; il y a long-temps qu'il a paru pour la premiere fois.

L'EQUILIBRE.

Si je ne retenois le parasite par le frein de la honte, on le verroit tous les jours piquer la même table.

GULLIVER.

Vous vous trompez, Monsieur, il

B

n'en changeroit point fi on l'y rece-
voit ; mais à propos de parafites,
vous avec donc ici des Gafcons ?

L'EQUILIBRE.

Où ne fe fourrent-ils pas ? Que
vous dirai-je, enfin, c'eft par mes
heureux talens que l'ordonnance de
toutes chofes eft fi bien diftribuée ;
par moi les Spectacles fleuriffent
également, & font dans une noble
émulation ; au Philofophe marié,
j'oppofe le Berger d'Amphrife, &
les petits Hommes aux Amours des
Dieux.

GULLIVER.

Ma foi, l'équilibre n'eft pas jufte ;
& fi vous en faites fouvent de pa-
reils, vous courrez rifque de vous
caffer le col.

L'EQUILIBRE.

C'eft moi qui oppofe aux graces
naturelles d'une illuftre Danfeufe,

une nouvelle émule qui partage le Public incertain par des entre-chats, des fauts & des cabrioles.

GULLIVER.

Oh ! je connois le goût du fiecle, vous verrez que la Sauteufe fera trébucher la balance.

En difant cela, Gulliver fait un faux pas.

L'EQUILIBRE.

Ah ! Monfieur, que faites-vous-là ? vous n'y fongez point, vous allez faire pancher l'Ifle.

GULLIVER.

Allez, allez, Monfieur, je crois qu'il y a long-temps qu'elle feroit tombée, fi tous les faux pas qu'on y a faits avoient été capables de lui donner quelque fecouffe.

L'EQUILIBRE.

Adieu, je vous quitte, & je vais

me rendre aux empreſſemens d'une foule innombrable de perſonnes qui vont venir m'admirer.

GULLIVER.

Cet homme là n'eſt pas ſi fol, puiſqu'il a la vogue.

SCENE III.

UN MUSICIEN, GULLIVER.

LE MUSICIEN *entre en fredonnant, & ſe promenant ſur le Théatre.*

GULLIVER.

Celuy - cy compoſe apparemment quelque *Opera* nouveau.

LE MUSICIEN *fredonnant toûjours.*

A merveilles. . . . . là, la, la. que cela eſt harmonieux.

GULLIVER.

Monfieur , peut-on vous demander....

LE MUSICIEN.

Silence... ne m'interrompez pas...
La , la , la , la.... Oh ! pour le coup ,
j'y fuis ; parlez maintenant , je vous
donne audience.

GULLIVER.

Vous me faites honneur ; comme
Etranger , je crois être en droit de
m'inftruire de tout ce qui fe paffe
dans cette Ifle : qui êtes-vous, s'il
vous plaît ?

LE MUSICIEN.

J'ai l'avantage d'être tout à la fois ,
Poëte & Muficien.

GULLIVER.

Poëte & Muficien ; deux qualitez
merveilleufes pour primer dans ce
Pays.

LE MUSICIEN.

Je viens d'achever un Ouvrage qui va m'immortalifer ; l'Iliade, l'Enéide, la Pucelle d'Orleans n'ont rien de comparable à l'ingénieufe production que ma verve vient d'enfanter.

GULLIVER.

Cela doit être bien beau, puifque vous le dites.

LE MUSICIEN.

'Je vous en réponds, depuis qu'on fe mêle de compofer, on n'a jamais rien produit d'approchant : c'eft l'effort de l'imagination la plus vive...

GULLIVER.

Mais encore, peut-on fçavoir ce que c'eft.

LE MUSICIEN.

C'eft une *Cantate* magnifique à l'honneur & gloire des Chats.

GULLIVER *en riant.*

Une *Cantate* fur les Chats, male-
pefte cela doit être bien harmonieux
& bien interreffant.

LE MUSICIEN.

Quoi ! vous riez de mon projet ?
que je fuis malheureux ! aurai-je
toûjours à combattre des efprits
prévenus contre des animaux fi ref-
pectables, divinifez en Egypte, ho-
norez par des Statuës, & par un
culte myfterieux : Vous ne fçavez
donc pas, ignorant que vous êtes,
que les Chats des fiecles paffez ont
tenu un rang glorieux au Temple
de Mémoire.

GULLIVER.

Je n'ai jamais lû leur Hiftoire, &
je vous avoüerai très-ingénument
que je fuis fort ignorant dans les
Chroniques de Meffieurs les Chats.

LE MUSICIEN.

Les Rossignols , si vantez par la douceur de leur fredonnant gosier , les Linottes & les Serins de Canarie approchent-ils de la gracieuse mélodie de mes Heros ? Est-il rien de plus touchant, de plus agréable que la Musique des Chats.

GULLIVER.

Oüi , vous avez raison , je ne sçache rien qui égratigne plus les oreilles.

LE MUSICIEN.

La varieté de leurs tons exprime si bien les differentes passions qui les occupent.

GULLIVER.

Oüi , cela est fort récréatif.

LE MUSICIEN.

Ecoutez la *Cantate* que j'ai faite,

pour

pour confondre le mauvais goût de
leurs Antagonistes.

Il chante la Cantate suivante.
De la Déesse Chatte en Egypte adorée,
J'entreprens de chanter les attraits ravissa·
    Par des hommages éclatans
Cette Divinité fut jadis honorée ;
Et dans Paphos la belle Citherée
    Recevoit moins d'encens.

    Toûjours favorable
    Aux tendres ardeurs,
    Sous cette forme agréable
    Isis regnoit sur les Cœurs.
Les plus fameux habitans du Permesse
    Célébroient dans leurs Vers
Les graces, les appas, les agrémens divers,
    De la miaulante Déesse.

    Coquettes de ce Pays
    Qu'Amour a si bien aguéries,
    Comme les Chattes de Memphis
    Souhaittez d'être chéries,
               C

Mais sur tout dans vos amours,
Faites pattes de velours.

Il s'en va.

GULLIVER.

Il faut avoüer qu'il y a bien de
l'érudition dans cette Cantate-là...
Mais examinons un peu celle-ci...

SCENE IV.

Une HABITANTE, GULLIVER.

L'HABITANTE *entre*
en chantant,

Sur l'Air, *Laissons-nous charmer.*

Les plus doux plaisirs,
Comblent nos desirs,
Dans ces lieux les amours
N'ont que de beaux jours,
Toûjours guais, contens,
Nous passons nôtre tems
A folâtrer, chanter,

Danſer, ſauter,

   Rien n'ennuye

    Dans la vie,

Quand on ſçait en profiter,

   A mon âge,

   La plus ſage

   Doit ſans reſiſter

   S'en laiſſer conter.

Les plus doux plaiſirs,

   Comblent nos deſirs, &c.

   Inſipide raiſon,

   Dont la froide leçon

Nous preſcrit des maximes auſteres,

    Tu préferes

    Des chimeres

   Au charmant deſtin

   D'un bonheur certain;

Les plus doux plaiſirs, &c.

GULLIVER.

Voilà une aimable folle qui me
feroit bien faire une folie.

L'HABITANTE.

Apparamment, Monſieur, c'eſt vous qui êtes ce nouveau venu, dont on parle dans nôtre Iſle?

GULLIVER.

Oüy, Mademoiſelle.... Cette jeune perſonne eſt tout-à-fait à mon gré.

L'HABITANTE *chante encore.*

Allons, Monſieur, de la joye, divertiſſez-vous.

GULLIVER.

En verité, Mademoiſelle, vous me charmez; vous êtes d'une humeur bien agréable.

L'HABITANTE.

Auſſi en ai-je ſujet, & lorſqu'on va ſe marier, c'eſt un crime dans ce païs que de ſe livrer à la mélancolie.

GULLIVER.

Elle va se marier, que j'envie le bonheur de celui qui possedera tant de charmes, & quel est adorable personne, le fortuné mortel qui...

L'HABITANTE.

Ma foi, Monsieur, je n'en sçai encore rien ; tout ce que je puis vous dire, c'est que c'est aujourd'hui mon jour de nôces.

GULLIVER.

Je n'y comprens rien.

L'HABITANTE.

Comme vous êtes étranger, il n'est pas étonnant que vous ignoriez nos usages.

GULLIVER.

Vous me ferez plaisir de m'en instruire.

L'HABITANTE.

Apprenez que sitôt que dans ce païs

une fille eſt parvenuë à un certain
âge, elle eſt obligée de ſe marier ;
graces au Ciel, je ſuis nubile, & je
ne veux point perdre mes droits.

GULLIVER.

Male-peſte vous auriez grand tort,
& vous faites fort bien de profiter du
privilege.... La bonne occaſion pour
moi.... Vous n'êtes donc point encore déterminée au choix du futur...
Qu'elle eſt aimable !

L'HABITANTE.

Non, mais je ne ferai pas long-
tems à le trouver.

GULLIVER.

J'en ſuis perſuadé, & ſi vous vou-
liez....

L'HABITANTE.

Ah ! je vous vois venir, vous allez
ſans doute vous propoſer... Allons,
taupe.

GULLIVER.

Mais en verité cela est charmant....
on n'a pas le tems de souhaiter avec
vous, aurois-je le bonheur de vous
plaire.

L'HABITANTE.

Non.... Mais n'importe, cela
n'est pas nécessaire.

GULLIVER.

Vous avez raison, c'est à peu près
comme chés-nous.

L'HABITANTE.

Allons, Monsieur l'étranger, ne
perdons point de tems.

GULLIVER.

Mais encore, ne badinés-vous
point ?

L'HABITANTE.

Que dites-vous-là, badine-t'on
avec le mariage ?

GULLIVER.

Non, vraïement, & quoique ce
foit une affaire des plus ferieufes, je
confens de tout mon cœur à vous
époufer.

L'HABITANTE.

Bon, voici déja un mari pour ma
journée, je fuis prefentement curieu-
fe de fçavoir avec qui je me fiance-
rai ce foir.

GULLIVER.

Qu'eft-ce que cela fignifie : eft-ce
que quand on fe marie ici à quel-
qu'un, on fe fiance avec un autre ?

L'HABITANTE.

Sans doute on fe marie ici tous les
jours.

GULLIVER.

On fe marie tous les jours : mais
vraïement ces gens-ci ne font pas fi
fols que je le penfois.

L'HABITANTE.

Eſt-ce que vous n'approuvez pas cette méthode.

GULLIVER.

Mais c'eſt ſelon, avec vous, par exemple, elle ne me plaît point du tout, vous êtes trop jolie, pour faire ſouhaiter un ſi prompt veuvage, & je voudrois du moins avoir la ſemaine entiere.

L'HABITANTE.

La ſemaine.... Reſter huit jours enſemble ; que dites vous-là, ce ſeroit pour mourir d'ennui : ah ! Monſieur, s'il vous plaît, n'allez pas faire changer nos coûtumes... Toutes les Habitantes de nôtre Iſle ſe déchaîneroient contre vous.

GULLIVER.

Oh ! je m'en garderai bien, mais puis-je vous demander pourquoi cette coutume eſt établie.... Ne ſe ma-

rier que pour un jour ? pour quoi
cela ?

L'HABITANTE.

Pour bien des raisons. ... Premierement, ... pour n'avoir pas le dé-
sagrément du lendemain.

GULLIVER.

Cela n'est pas si mal inventé.

L'HABITANTE.

Pour n'être pas long-tems la dupe
d'un mauvais choix.

GULLIVER.

A merveille ; mais supposez que
vous vous trouviez bien pourvûë,
ce doit être un chagrin pour vous
que de vous séparer si-tot d'un bon
mari.

L'HABITANTE.

D'un bon mari, vous me faites rire,
& peut-on l'être plus d'un jour.

GULLIVER.

Cela eſt extraordinaire : dans ce
païs une fille à peine nubile a autant
d'experience que deux veuves ; mais
pendant ce beau jour là, les femmes
du moins ſont-elles fidelles ?

L'HABITANTE.

Oh ! ſans doute, les maris ne les
quittent point de toute la journée.

GULLIVER.

En ce cas-là, ils peuvent être certains pendant un jour entier de la
fidelité de leurs épouſes ; je ne les
trouve pas ſi malheureux, & il y a
bien des femmes en Europe qui n'ob-
ſervent pas ſi ſcrupuleuſement la
regle des vingt-quatre heures.

L'HABITANTE.

Un jour eſt bien-tôt paſſé, & une
femme peut bien faire cet effort.

GULLIVER.

Il n'eſt pas des plus grands, mais

en changeant si souvent de maris
ne courez-vous pas risque d'épouse ,
plusieurs fois le même.

L'HABITANTE.

Oh ! point du tout, l'Hymen y met
bon ordre ; & quand même la Loi
ne nous le défendroit pas , nôtre
heureux naturel nous empêcheroit
de tomber dans une pareille faute ;
adieu, je m'amuse trop long-tems ;
songez à me trouver un fiancé pour
ce soir, & moi je vais ordonner les
apprêts de nôtre mariage.

GULLIVER.

Comment il faut que je vous cherche moi-même un fiancé : allons,
tout-coup-vaille, il y a du moins
plus de décence à pourvoir sa femme
d'un mari que d'un amant.

L'HABITANTE *chante*,

Sur l'AIR, *Ici sont venus en personne*
Si-tôt qu'ici l'on est en âge,
Sous les loix d'Hymen on s'engage ;

On n'y fait point tant de façon ;
Nous joüissons de l'avantage,
De prendre époux de tout étage ;
Si le premier nous fait faux-bond
Nous avons recours au second ;
S'il ne vaut rien pour le ménage,
Son successeur nous dédom-
mage,
Et nous aurions bien du
guignon
Si nous n'en trouvions pas
un bon.

Bis.

Elle s'en va.

GULLIVER.

Qu'elle est amusante ! Morbleu
c'est bien dommage que le divorce
suive de si près le mariage,... j'avois
presque envie d'enfraindre la loi...
Mais qui est celui-ci, quoiqu'il me
paroisse aussi fol que les autres ; il
n'a pourtant pas l'air d'un Habitant
de cette Isle.

SCENE V.
Un FRANCOIS, GULLIVER.

LE FRANCOIS.

Votre valet, mon cher.....
N'êtes vous pas cet Etranger nou-
vellement arrivé?

GULLIVER.

Pour vous rendre mes très-hum-
bles services.

LE FRANCOIS.

Que diable faites-vous ici ? Ce
féjour eſt des plus ennuyeux ; pour
moi je ne puis plus m'y fouffrir, je
n'attendois qu'une compagnie pour
en fortir ; je vous trouve fort à propos, partons vîte, allons enfemble
en Angleterre.

GULLIVER.

La propofition n'eſt pas à refufer,

mais faites-moi la grace de me dire qui vous êtes.

LE FRANÇOIS.

Qui je suis, & ne le voyez-vous pas bien à mon air, à mes manieres? Je suis Gentilhomme François.

GULLIVER.

Vous êtes François; cela étant, Monsieur, dispensez-moi de voyager avec vous.

LE FRANÇOIS.

Eh! Pourquoi, s'il vous plaît?

GULLIVER.

C'est que j'ai vû un François à Londres qui ne valoit pas grand chose.

LE FRANÇOIS.

Vous vous moquez, j'en ai entendu parler fort avantageusement; il y a fait un bruit de diable, & a été fort couru; à ce qui me paroît vous êtes prévenu contre la Nation: qui êtes-vous donc pour prendre ainſi le change ?

GULLIVER.

Je ſuis Anglois, & l'on me nomme Gulliver.

LE FRANCOIS.

Quoi, vous êtes Gulliver, ce Cauſtique ſi vanté : Oh ! je ne m'étonne pas de vous voir ſi mordiquant, un François ne doit pas trouver grace auprès d'un homme qui n'épargne pas même ſes compatriotes.

GULLIVER.

J'ai parlé des hommes en general, & j'ai bien fait de les pincer un peu ; j'aurois été moins en vogue ſi j'avois dit du bien d'eux.

LE FRANCOIS.

Fort bien Mons de Gulliver, nouveau trait ſatyrique contre la nature humaine ; mais briſons là-deſſus, parlons d'autre choſe ; je veux être de

vos amis, & vôtre compagnon de
voyage ; croyez-moi, quittons ce
païs-ci, les coûtumes m'en déplaifent.

GULLIVER.

Les coûtumes, vous en déplaifent,
je ne m'attendois pas à cette plainte,
vous me furprenez ; eft-ce bien un
François qui me parle ? Quoi, vous
n'êtes donc pas inftruit que l'on s'y
marie tous les jours.

LE FRANÇOIS.

C'eft juftement cette dure neceffité
qui m'en dégoûte : Y a-t'il de céré-
monie plus lugubre que celle du mariage ; à la vérité la méthode de
changer de femmes eft fort jolie ;
mais enfin c'eft toûjours fe marier.

GULLIVER.

Vous avez raifon, cette obliga-
tion diminuë beaucoup de la douceur des Loix.

D

LE FRANÇOIS.

Je vous dirai même que depuis mon arrivée en cette Isle, j'ai épousé des femmes si aimables, que la necessité de m'en séparer m'a fait naître l'envie de leur être fidele.

GULLIVER.

Je vous croirois assés....

LE FRANÇOIS.

En effet, qu'est-ce que le plaisir de changer, quand nous ne nous le procurons pas nous-mêmes.

GULLIVER.

Les François ne seront jamais contens.

LE FRANÇOIS.

Hé bien, nôtre ami, à quand le départ ?

GULLIVER.

Quand vous voudrez, je veux,

bien retourner avec vous en Angleterre, mais à condition que vous me rendrez un petit service.

LE FRANCOIS.

De quoi s'agit-il , parlés librement.

GULLIVER.

Premierement, dites-moi si vous êtes retenu pour vous marier demain.

LE FRANCOIS.

Ouy, je viens de donner ma parole.

GULLIVER.

Tant-pis, je vous aurois proposé d'épouser ma femme, mais comme vous êtes engagé ailleurs , il faut que je cherche pour elle un autre fiancé.

LE FRANCOIS.

Que dites-vous, mon cher, n'allés pas plus loin, je l'épouse.

GULLIVER.

Bon, vous avez donné votre pa‑
rolle.

LE FRANCOIS.

C'est justement à cause de cela....
Ah ! je respire... J'aurai du moins le
plaisir de goûter tous les agrémens
de l'infidelité.

GULLIVER.

Quel ragoût... Mais que vois je !
c'est ma femme elle même.

SCENE VI.

L'HABITANTE, GULLIVER, LE FRANCOIS.

L'HABITANTE.

De la joye Seigneur Gulliver,
nous allons bien-tôt nous marier,
quelques Habitans de l'Isle vont se
rendre ici, pour dancer & chanter à

ma nôce... Mais à propos de nôce,
m'avés-vous trouvé un mari pour
demain.

GULLIVER *montrant le François.*

Je ne fçai fi vous ferés contente
de celui que je vous ai choifi.

L'HABITANTE.

Comment donc, vous avés le goût
merveilleux, vous choififfés bien
mieux que moi... Qu'il eft bien fait !
qu'il a bon air !

LE FRANCOIS.

L'aimable perfonne ! qu'elle a de
charmes !

L'HABITANTE.

Le Joli Cavalier ! Pourquoi ne l'ai-
je pas vû plûtôt.

LE FRANCOIS.

C'en eft fait, il faut la fouffler à
nôtre Anglois.

GULLIVER.

Ne perdons point de tems, don-
nez-moi la main.

L'HABITANTE.

Attendez ; vous êtes trop preſſé.

GULLIVER.

Qu'eſt-ce-à-dire... Vous aviez tantôt plus d'impatience.

Le François paſſe du côté de la femme
& lui parle à l'oreille.

GULLIVER.

Tout beau, Monſieur le François,
ce n'eſt point encore pour vous que
la fête ſe fait.

LE FRANÇOIS.

Oüi , charmante perſonne , je
vous adore, & ſi je ne vous épouſe
tout à l'heure , vous m'allez voir à
vos pieds expirer de douleur.

L'HABITANTE.

Comme il dit cela tendrement.....il me fait pitié.

GULLIVER.

Qu'avez-vous donc? vous ne me dites rien......

L'HABITANTE.

Laiſſez-moi, je n'ai plus rien à vous dire.

LE FRANCOIS.

Hé bien: que faut-il que j'eſpere?

L'HABITANTE.

Je ne ſçais.... mais je ne veux pas que vous mouriez.

LE FRANCOIS.

Mon ſort dépend de vous.

GULLIVER.

Vous paroiſſez interdite.

L'HABITANTE.

On le feroit à moins.... ce Monfieur là dit qu'il m'adore, & qu'il mourra fi je ne l'époufe fur le champ.

GULLIVER.

Ne le croyez pas, il eſt François.

L'HABITANTE.

N'y auroit-il pas moyen d'accommoder cette affaire là?

GULLIVER.

Et quel moyen?

L'HABITANTE.

Le voici ; ne m'époufez que demain, & je prendrai Monfieur pour aujourd'hui.

LE FRANCOIS.

Vous voyez bien que c'eſt à peu près la même chofe.

GULLIVER.

Je ne conviens pas de cela.

L'HA-

L'HABITANTE.

Prenez donc vîte votre parti, le temps se passe.

GULLIVER.

Ah ! je vois bien que le drôle me l'a séduite ; de quoi m'avisois-je aussi de le choisir ?

LE FRANÇOIS.

Je ne veux point perdre celle-cy comme les autres..... Ma chere, je vous épouse ; & comme je ne pourrai jamais me résoudre à vous quitter, vous viendrez en France avec moi, & je jure de vous être toûjours fidelle.

GULLIVER.

Ne vous y fiez pas , si-tôt qu'il aura pris l'air de son Pays, il vous renvoyera dans le vôtre..... Voilà donc mon mariage cassé.

Le François & l'Habitante s'en vont.

E

SCENE VII.
LA FOLIE, GULLIVER,
UN SUIVANT.

LA FOLIE.

COmment donc, mais cet Etranger là n'obſerve ni les bienſéan-
ces, ni le ſçavoir vivre : ignore-t-il
que je ſuis la Souveraine de cette
Iſle ? En verité, je croyois bien mé-
riter un compliment.

GULLIVER *à part.*

La Souveraine de cette Iſle, c'eſt
la Folie elle-même : quel compliment veut-elle que je lui faſſe ?

LA FOLIE.

Sçachons, Monſieur, ſi c'eſt par
orguëil ou par timidité que vous me
refuſez un hommage que vous auriez
dû me rendre en arrivant ici.

GULLIVER.

Madame, c'eſt par reſpect, & d'ailleurs je ſçai combien il eſt diffi-cile d'approcher les perſonnes de votre rang.

LA FOLIE.

Difficile, eh! tout le monde m'a-borde ſans difficulté, je m'humaniſe avec des gens de toute eſpece ; mais je vous pardonne cette erreur, & vous n'êtes pas le premier qui ait été en grande liaiſon avec moi, ſans connoître à qui il avoit affaire.

GULLIVER.

Je ne ſçache pas, Madame, avoir eu cet honneur.

LA FOLIE.

Je vais vous le dire, qui êtes-vous?

GULLIVER.

Un nommé Gulliver.

LA FOLIE.

Gulliver, embraffez-moi, mon plus zelé fectateur.

GULLIVER.

Moi, Madame, votre fectateur, cela feroit plaifant !

LA FOLIE.

Jamais les Contes des Fées, & les Mille & une Nuits ne m'ont tant diverti que vos Voyages ; votre mifantropie fur tout m'y réjoüit on ne peut pas plus, & le débit de votre Livre m'a fait connoître mon empire fur une infinité de Mortels, que je n'aurois jamais crû devoir compter au nombre de mes Sujets.

GULLIVER.

Vous me flattez, Madame.

LA FOLIE.

Non, ce n'eft pas mon défaut ; quelle invention ! quelle fingularité de génie !... ah ! ah ! ah ! ah !

GULLIVER.

Je ne vois pas ; Madame , que la chose soit si risible; elle a été admirée universellement , & mes ingénieuses fictions ont été d'une utilité. . . .

UN SUIVANT.

Aux armes, Madame, aux armes, vous êtes perduë.

LA FOLIE *riant*.

Ah ! ah ! ah ! ah ! & que seroit-ce donc ?

LE SUIVANT.

La raison, Madame, la raison que nous venons de trouver dans votre Isle.

LA FOLIE.

La raison ! mais est-ce bien elle aussi ? Ne seroit-ce point une autre moi-même ? Qu'on luy fasse toute sorte de civilitez : allons la recevoir : Soyez mon Ecuyer , mon cher Favori.

E iij

GULLIVER.

C'eſt trop de grace que vous me faites.

SCENE VIII.

LA RAISON, LA FOLIE, GULLIVER, UN SUIVANT.

LA FOLIE.

AH ! la voilà, ſans doute : venez, ma chere ſœur, que je vous em-braſſe.

LA RAISON.

Votre ſœur, je ne croyois pas avoir une ſemblable parente.

LA FOLIE.

Bon, ne voilà-t-il pas Madame qui va faire la rencherie, parce qu'elle ſe croit mon aînée, qu'elle parle plus lentement que moi, qu'el-

le n'a pas le mot pour rire, & qu'elle
se fait appeller la Raison : frivoles
avantages que tout cela ; j'aime autant être la cadette, parler vîte, rire
toûjours, & m'appeller la Folie.

Elle chante.

Il faut dans le siecle où nous sommes,
Amuser & non ennuyer,
Vous avez beau vous replier,
La Morale déplaît aux hommes ;
Quand je les réjoüis, je croy
Que toute la terre est à moi,
Que toute la terre est à moi.

LA RAISON.

Quel aveuglement ! que je la
plains !

LA FOLIE.

Pourquoi me plaindre ; je crois
être heureuse, si mon bonheur rési-
doit dans votre imagination, je vous
pardonnerois cet air compatissant ;
mais comme il ne consiste que dans

E iiij

la mienne, il y a de l'extravagance à vous de me plaindre d'un mal que je ne fens pas.

GULLIVER.

Ma foi, je crois que la Folie a raison.

LA RAISON.

Ma bonne, vous ne fentez pas ce mal, parce qu'il dérange votre efprit de maniere à ne lui laiffer libre aucune de fes fonctions ; ceux qui n'ont jamais vû le jour femblent ne faire aucun état de la lumiere, mais quel plaifir n'auroient-ils pas de joüir, s'ils pouvoient, comme nous de la clarté du Soleil ?

LA FOLIE.

Chanfons, & moi j'aime autant n'y voir goûte.

LA RAISON.

Peut-on fe plaire dans les tenebres.

LA FOLIE.

Oüi, oüi.

Elle chante.

Que je haïs la clarté du jour,
Que cette nuit m'a paru belle.

Mais fçachons un peu ce qui vous amene ici.

LA RAISON.

Une grace que je viens vous y demander, & que je vous conjure de ne
me pas refufer.

LA FOLIE.

La Raifon venir me demander une
grace ; mais vous fçavez que je ne
diftribuë que des Brevets de la Ca-
lotte.

GULLIVER.

Madame veut peut-être s'y faire
incorporer.

LA RAISON.

On m'a dit que Gulliver étoit

dans vos Etats, & je suis venuë ex. près....

LA FOLIE.

Le voilà lui-même, que lui voulez-vous ?

LA RAISON.

Quoi ¡ c'est vous, sage Gulliver : venez, venez dans l'Isle de la Raison, c'est votre Sphere.

LA FOLIE.

Quoi ¡ vous venez me le débaucher ; non pas, s'il vous plaît : il me divertit, & il est juste que j'aye la préference.

LA RAISON.

Il vous divertit ; que vous êtes peu respecté ici ! vous joüirez d'un autre sort dans mes Etats, & vous y trouverez vos Apologues réduits en systêmes.

GULLIVER.

Ah ¡ Madame, quelle gloire pour

moi; qui peut m'avoir attiré une pareille faveur, mes fyftêmes être fuivis dans l'Ifle de la Raifon.

LA FOLIE.

Vous ne les auriez crû propres que pour la mienne, n'eft-il pas vrai? Voyons donc le profit qu'on en peut tirer; mais fur tout expliquez-vous intelligiblement.

LA RAISON.

Ceux qui lifent, & qui ne peuvent goûter les chofes que fuperficiellement, reffemblent à ces Peuples qui avoient de l'or en abondance, & qui ne s'en fervoient qu'à de vils ufages, faute d'en connoître la précieufe valeur.

LA FOLIE.

Oh! nous voilà dans les comparaifons.

LA RAISON.

Je fuis fûre que dans Gulliver, les

petits & les grands hommes vous ont amusée par la singularité de l'idée, & ne vous ont point fait reflechir salutairement sur cette difference qu'il y a de certains hommes à d'autres ; pouvoit-il mieux nous la rendre palpable que par leur taille, qui nous offre aux yeux leur grandeur ou leur petitesse.

LA FOLIE.

Quel raisonnement ! ah ! ma sœur, que vous êtes petite.

LA RAISON.

J'ai rencheri dans mon Isle sur cette idée merveilleuse, & j'ai fait par ma toute-puissance que les hommes y paroissent grands ou petits, selon qu'ils ont plus ou moins de mérite & de probité.

GULLIVER.

Voilà ce qui s'appelle un systême des plus métaphoriques.

LA FOLIE.

S'il m'étoit permis de faire de sé-

rieuſes reflexions , je vous dirois
qu'au lieu de faire paroître mes Heros grands ou petits , je les aurois
ſeulement fait reſpecter ou mépriſer,
ſelon leurs vertus ou leurs vices, ſans
aucun égard, ni pour leur naiſſance,
ni pour leur fortune , & je n'aurois
pas ſaiſi une idée qui vous fera paſſer
pour ma Mere l'Oye.

LA RAISON.

Peut-on faire un ſi mauvais uſage
des meilleures choſes, & les prendre
ainſi à la lettre.

LA FOLIE.

Ah ! que j'aurois de plaiſir d'habiter une Iſle où les hommes grandiſſent & diminuënt à vûë d'œil ; tantôt je les verrois comme des Géants :
& comme ils ne ſuivent pas toûjours
de juſtes maximes, un moment après
ils paroîtroient à mes yeux comme
des Pigmées , & puis un remord de
conſcience les rehauſſeroit : quel
plaiſir de ſe trouver dans un Pays
comme le vôtre.

Elle chante.

D'un fol vous faites un fage,
Ah ! quel heureux changement ;
Vous lui donnez en partage
L'efprit & le jugement :
Dans un Pays auffi charmant,
Pour peu qu'on voyage,
De petit on devient grand.

Ah ! ah ! que cela eft facétieux ; ce fyftême là me paroît auffi bien trou-vé que celui des femmes , qui chez vous font obligées de faire l'amour aux hommes ; que j'aime à voir rou-gir ces grands fcrupuleux d'une dé-claration qu'ils devroient prévenir eux-mêmes : le joli tableau que re-préfente une femme aux genoux d'un homme. Eh ! fy, c'eft fe moc-quer ; la raifon ne doit point boulle-verfer la nature , & ce fera toûjours aux hommes à faire les avances avec nous.

LA RAISON.

N'ais je pas justifié cette loi ? je fais attaquer le plus fort par le plus foible , afin que le premier puisse résister.

LA FOLIE.

Cela est contre toutes les regles, il faut toûjours que le plus fort attaque.... mais après tout, je ne conviens pas trop de cette prétenduë superiorité des hommes, & ces Messieurs ne nous ont donné que trop de preuves de leur foiblesse, quand nous les avons attaquez : allez , allez , ils ne se défendent pas mieux que nous.

LA RAISON.

Je ne m'étonne pas que la Folie m'éconnoisse les avantages de l'Isle de la Raison.

LE SUIVANT à *la Raison*.

Ah ! Madame, quelle funeste nouvelle je viens vous annoncer.

LA RAISON.

Qu'y a-t-il ?

LE SUIVANT.

N'eſperez plus rentrer dans vos Etats, vous y paſſez pour une uſur-patrice, & une Dame qui ſe dit la véritable raiſon a ſéduit tous vos Su-jets, & s'eſt aſſiſe ſur votre Thrône.

LA RAISON.

Qu'entens-je ! que vais-je devenir !

LA FOLIE.

Je ſuis ravie de trouver cette oc-caſion de vous rendre ſervice, vous demeurerez ici, ma chere Sœur ; il n'y a à la verité que de petites mai-ſons, mais comme vous avez l'ima-gination très-vague, elles vous pa-roîtront grandes, grandes.

LA RAISON.

Moi, reſter avec vous, avec ma plus cruelle ennemie : non, je vais reprendre poſſeſſion de mon Iſle.

LA FOLIE.

Je ne vous le conſeille point ; on y eſt ſi rebuté de votre morale & de vos

vos proverbes, que vous n'y trouverez pas un sujet fidele.

LA RAISON.

Il faut donc avoir recours à la for-
ce : allons , Seigneur Gulliver , le-
vons des Troupes ; je vous charge du
soin des Recruës.

LA FOLIE.

Ma chere Sœur, vos Troupes sont
toutes prêtes ; vous n'avez qu'à vous
servir de mon Regiment , Gulliver
le commandera.

GULLIVER.

Moi ! non ; je vous assure , je ne
veux point m'aller battre contre des
Geants.

LA FOLIE.

Né craignez rien , ils sont à pré-
sent si petits , si petits, que vous n'au-
rez pas de peine à les vaincre.

GULLIVER.

Tout bien consideré , j'aime mieux
rester dans l'Isle de la Folie ; Mada-

E

me la Raiſon je ne vais point dans un Pays dont la Souveraine eſt ſi peu reſpectée.

LA FOLIE.

Oüi, oüi, reſtez avec moi, j'aurai ſoin de vous inſpirer de nouvelles idées ; mais voici mes plus chers Favoris qui viennent me rendre hommage : prenez part à la Fête.

DIVERTISSEMENT.

Entrée de la Folie & des Habitans de l'Iſle. On danſe enſuite. Un Inſulaire chante l'Air ſuivant.

Dans ces lieux la Folie a fixé ſon ſéjour,
Nous en avons banni pour jamais la ſageſſe.
    Nous nous occupons tour à tour,
    A rire, à folatrer ſans ceſſe,
Sans nous embaraſſer d'un avenir fâcheux,
A joüir du préſent nous bornons tous nos vœux.

On danse. Ensuite le même Insulaire chante.

La severe raison n'a rien qui nous en-
gage,
Elle proscrit les plaisirs les plus doux;
De sa morale sauvage
Nous ne faisons point usage,
Et le plus fol parmi nous
Est toûjours le plus sage.

On danse plusieurs Danses de Caractere, & on finit par un Vaudeville.

Premier. UN INSULAIRE.

Quand nous formons des desirs,
Nous nous livrons aux plaisirs;
C'est pour nous un bien suprême,
Employer tous nos momens
Dans les amusemens,
Et profiter des beaux ans,
Voilà notre systême.

Deuxiéme.

Jeunes beautez de Paris,
Vous gardez trop vos Maris,
Je plains votre erreur extrême,
Notre sort est bien plus doux,
Et nous changeons d'Epoux,
Comme on fait d'Amans chez vous,
Voilà notre systême.

Troisiéme.

Pour un aimable François,
Je viens d'abjurer nos Loix,
Puisse-t-il faire de même ;
Car s'il vient à me changer,
Je sçauray me venger,
Et pour m'en dédommager,
Je reprends mon systême.

Quatriéme.

Dans l'Isle de la Raison,
On ne trouve rien de bon,
Ici ce n'est pas de même ;
Tout est bien venu chez nous,

Les sages & les fols :
Ainsi donc vous pouvez tous
Suivre notre systême.

Cinquiéme

Si nous osions nous flater
D'avoir pû vous contenter,
Pour nous quel bonheur extrême ;
Parterre judicieux ;
Nous ne bornons nos vœux
Qu'à vous plaire par nos Jeux,
Voilà notre systême.

FIN.

APPROBATION.

J'Ai lû par ordre de Monseigneur le Gardes des Sceaux, la Comedie intitulée, *l'Isle de la Folie*, je n'y ay rien trouvé qui puisse en empêcher l'impression. Fait à Paris le douze Octobre mil sept cent vingt sept,

SECOUSSE.

PERMISSION SIMPLE.

LOUIS par la grace de Dieu Roy de France & de Navarre : A nos amez & feaux Conseillers les Gens tenans nos Cours de Parlement, Maîtres des Requêtes ordinaires de nôtre Hôtel, Grand Conseil, Prevôt de Paris, Baillifs, Sénéchaux, leurs Lieutenans Civils, & autres nos Justiciers qu'il appartiendra, SALUT. Notre bien amé LOUIS-DENIS DELATOUR Libraire & Imprimeur à Paris, Nous ayant fait supplier de luy accorder nos Lettres de permission pour l'impression d'un ouvrage qui a pour titre, *l'Isle de la Folie, Comedie* ; offrant pour cet effet de le faire imprimer en bon papier & beaux caracteres, suivant la feüille imprimée & attachée pour modele sous le contre-scel des Presentes, Nous luy avons permis & permettons par ces Presentes de faire imprimer ledit Livre conjointement ou separément, & autant de fois que bon luy semblera, sur papier & caracteres conformes à ladite feüille imprimée & attachée sous notredit contrescel, & de le vendre, faire vendre & debiter par tout notre Royaume pendant le temps de trois années consecutives,

à compter du jour de la datte desdites Pré-
sentes: Faisons défenses à tous Libraires-
Imprimeurs, & autres personnes de quelque
qualité & condition qu'elles soient d'en in-
troduire d'impression étrangere dans aucun
lieu de notre obéïssance ; à la charge que ces
Presentes seront enregistrées tout au long
sur le Registre de la Communauté des Li-
braires-Imprimeurs de Paris, dans trois mois
de la datte d'icelles ; que l'impression de ce
Livre sera faite dans notre Royaume & non
ailleurs, & que l'Impétrant se conformera
en tout aux Reglemens de la Librairie, &
notamment à celuy du dixiéme Avril mil
sept cent vingt-cinq, & qu'avant que de
l'exposer en vente le manuscrit ou imprimé
qui aura servi de copie à l'impression dudit
Livre sera remis dans le même état où l'Approbation y aura été donnée, ès mains
de notre très-cher & feal Chevalier Garde
des Sceaux de France le Sieur Chauvelin, & qu'il en sera ensuite remis deux
exemplaires dans notre Bibliotheque pu-
blique, un dans celle de notre Château du
Louvre, & un dans celle de notre très-cher
& feal Chevalier Garde des Sceaux de France le Sieur Chauvelin ; le tout à peine de
nullité des Presentes ; Du contenu desquelles

vous mandons & enjoignons de faire joüir
l'Expofant ou fes ayans caufes pleinement
& paifiblement, fans fouffrir qu'il leur foit
fait aucun trouble ou empêchement. Vou-
lons qu'à la copie defdites Prefentes qui fera
imprimée tout au long au commencement
ou à la fin dudit Livre, foy foit ajoutée comme à l'original. Commandons au premier
notre Huiflier ou Sergent de faire pour l'exe-
cution d'icelles tous actes requis & necef-
faires, fans demander autre permiffion, &
nonobftant clameur de Haro, Charte Nor-
mande & Lettres à ce contraires : CAR tel eft
notre plaifir. DONNE' à Paris le vingt-qua-
triéme jour d'Octobre, l'an de grace mil fept
cent vingt-fept, & de notre Regne le trei-
ziéme. Par le Roy en fon Confeil,
DE SAINT HILAIRE.

*Regiftré fur le regiftre VI. de la Chambre Royale
des Libraires & Imprimeurs de Paris, N°. 721.
fol. 585. conformément aux anciens Reglemens,
confirmés par celuy du 28. Fevrier 1723.
A Paris, le 24. Octobre mil fept cent vingt-fept.*
Signé, BRUNET, Syndic.

Le prix de cette Brochure eft de 18. fols.

www.ingramcontent.com/pod-product-compliance
Lightning Source LLC
Chambersburg PA
CBHW070820260626
47161CB00006B/2355